共生

宋尚緯

宋尚緯

一九八九年生，東華大學華文文學所創作組碩士，創世紀詩社同仁，著有詩集《輪迴手札》、《共生》（啟明）及《鎮痛》（啟明）。

——我常常將詩當做禱詞來寫，將看見的所有哀傷都一一刻在裡面，希望一切都會朝著更好的方向前進，但也常因此感受到自己的無能為力，於是一切都只能成為令自己也令他人沉默的句子。我在每一首詩中都輕輕地攤平自己，用力地將自己劃開，再仔細地將自己湊齊，也希望每一首詩都能給予和我有類似經驗的人一點安慰。

生活總讓我們失望

生活總讓我們失望。對他人失望，或者令他人失望。

有段時間我其實多數時間活在傷心之中，無論我看起來多麼快樂，看起來有活力，或者開朗，噢，還曾有人說過我看起來像是天生的開心果，每次看到我都笑嘻嘻的，真好。

是啊真好。如果是發自內心的快樂多好。有的時候，當我想起別人對我的殘忍的時候，我總要記得提醒自己，永遠別成為對別人扣下扳機的人。永遠別成為推人下地獄的那一個人。永遠別成為，像他們一般的那種人。有一段時間我相信他人的殘酷是對我的考驗，有一段時間我絕望地想，每一天都是同樣的一天，每一天每一天，永遠都是傷心的同一天。當我想起這些事情的時候，我強迫自己用更加無所謂的態度面對一切，假裝自己不在乎，因為不在乎所以超然，因為超然所以無所畏懼。

但事實是甚麼？

事實就是無論你多麼希望或者多麼不希望他們都在那兒的事情。例如死亡，例如活著。事實就是無論我如何裝扮自己，令自己每天看起來開心快樂，但我始終像是小丑一般，做著滑稽的事情，和大家一同笑著，但內心中的自己永遠有著一顆淚珠垂在靈魂上。做任何事情都好，我感覺不到快樂。我每天都很無聊，每天都活在傷害裡。全世界絕大多數受傷的人，都覺得自己受的傷是最重的，沒受過甚麼傷的常常呼天搶地，一下說自己要因為寂寞而死，一下說自己覺得自己是全天下中最孤獨的人沒有人懂自己沒有人能夠理解自己，自己愈來愈憔悴，活像是小說話本裡走出來的人物，形象最好是林黛玉那種的，也不管自己究竟受了多重的傷，有多重說多重，最好將自己說得剩下一口氣那樣；每天都在受傷的人學會沉默，默默將痛楚裝填到自己的心內，直到再也塞不下了仍繼續塞著，最後也許就像扣下扳機後的槍口，爆發之後只剩下輕輕的煙輕輕地飄著，輕輕地、輕輕地成為透明的人。

於是我開始寫作。我在作品裡面塑造了很多形象，但大多不脫離傷者，死者，醫者的範疇。有段時間我完全沒有辦法寫作，我覺得一切都是徒勞，白費功夫。我對自己的人生產生極大的質疑，對書寫產生了極度的不安，對生活產生恐懼，我對一切都沒有安全感。在那個狀態下我開始試圖逃避一切，包括自己。嚴格說起來，逃沒多久我就放棄了，因為我的狀態越來越差，像是離開水的魚，不停扭動，似乎快要窒息。

之後我恢復書寫，仍是有一點沒一點地寫著關於傷關於痛，關於所有一切自身的大小事，精神幻覺甚或是自身夢中的恐怖秘境。我看著我寫完的每一篇作品、每一個字，像是拿著放大鏡察看泥地上的足跡般地逐漸回溯自身的意圖，但總是追到一半就失去了蹤跡。我像個麻木的病患，重複地做著同一件事，每一個字都像是咒語，像是建構形象的砂石，寫完每一篇作品都像是完成一個儀式，召喚出某一件事物，令我回到某一個重要的時刻，將過去失望的自己拯救出來。有的時候會有類似情形的人告訴我他因為我而得到能量，於是這種交流像是能量的互遞一般，我們互相拯救了彼此。

我知道生活中有好多失望。包括後悔，包括傷心，或者欲絕的時候。我知道在那些時候，我所創造出的每一個形象都無法解救我。但我不再因此而陷入更加絕望的境地，因為我知道也許在另一個我不知道的地方，也有人能夠因此回到某一個曾經失望的時刻找回那個失望的自己。

謝謝你們。曾在仍在以及將在的人們。

你再也不談論天氣以外的話題
氣象預報明顯更加安全

目次

關於過去

如果哪天我不再寫詩
那定是我連靈魂都濕透
而我無力擰乾
我看著在窗外的我
留下無力的問句

接著我關上燈，不鎖門
免得我進不去自己的房間
讓風景畫下我
留下腳印，讓他們記得
要抽芽生長成新的我
若有人記得我留下的印記

請幫我看看他
是否還像我一樣
無法抽離那些外於我的根源
並且天真地希冀這些不為人所見的
印痕被時間掩埋

關於彼此

0

關於那些躲藏
統統躲在牆角的陰影內
默不作聲地漂浮著
你的踟躕都幽微地亮著
我在等待哪些
不同於冷的慈悲將我找到

1

你的海，湛藍的氣味
我跳下
成為你

2

我是樹，無根的浮木
在海上收納自己的枝枒
遠方有人跳了下來
我看見他脫下多餘的枝葉
深切地渴求慈悲的對望

3

我在影子內，影子在我之外
凝視著他，我就變成他
他反而變成了我
我們擁抱
我們親吻
我們在許多歡愉中
成為彼此的形像

覺不覺得自己有過甚麼
又沒有過甚麼

大霧忽起，所以你不停地
向前穿越一些並不那麼真實
的謊言，接著
接著喚醒睡眠，抵達遠方
遠方星象垂落的視野
所以關於那些過往……我是說
我是說關於夢境這回事
像宇宙失重的衛星逐漸飄散
到更遠更遠的遠方
就像我漸漸將自己放逐到
自己都無法干擾的溫柔睡眠中一樣
我拆解語言緩緩沉落

到夢境的底端
成為失雨的海洋並飄向遠方
拆解疼痛之後
成為無痛且冷感的鐵
拆解寂寞澆在鐵上
鑄成我們的空無
城都以及空無的
睡眠。溫柔的睡眠與疼痛的夢境
哪個較輕，哪個又較重

醒來之後彷彿還在夢裡
不覺得自己是有的
但也不覺得自己沒有
只是喚醒所有的沉默
靜靜地瞧你握緊疼痛溫柔地穿過我
從此我就有了你的符號
不再是無根的宇宙漂流物
回頭看經過的路

過往的對白全都盛放
曾埋下的種子都……
都怎麼樣了呢我還在等霧散

對望

我看著你從湖裡走出來
你問我還難過嗎還會因為過去
成為泣血的杜鵑嗎
你問
問我遺漏的過往是疼痛的
還是歡愉的
我和你說我想去看海
想到海邊將所有票根都撕碎
看著它們散落到世界的各個角落
你記得夜裡所流落的雨水嗎
記得我被洗盡的那一刻你被我望著
就只是望著
我走進你的記憶裡又走出來

你說我的血是黑色的充滿反諷
誰的血又真正是紅色的
真正不含有愛與恨的呢
你說
說我的眼睛裡充滿了絕望與冷漠
我告訴你我收到了信但是對方早已死去
你和我說別難過
並且告訴我你的愛人在唇裡
你將他摺得小小的放進口中
張口便成一朵浸血的玫瑰
我問你愛他嗎
你說愛
我看著地上彷彿成為被撕碎的票根
深深地印在地上
像是被畫上的記號
深深地深深地
成為你的印記

過往

突然想起多年以前
我將疼痛埋在早已消融的大雪中
確信他就像午後
佇立的一塊冰
被海默默地吞蝕
我看著他不說話
把自己藏在雨裡直到
語言充滿濕氣

你在夜晚褪下衣物
脫下所有能脫下的包括道德與信仰
恆久的年歲尤其難得
偶爾在自己的身體裡找到眾人的對白

在秘密中發現秘密的存在
你以為我早已遺忘
我還在多年以前的那場雪中

我還記得
只是不在意了

不留

夜晚將為所有的謎題解惑
沉默下了一道難題
該如何使氣象多雲轉晴
（鋒面來襲，醞釀靜寂，旗幟
蜷縮。不留任何情緒）
你了解的，我願意
用更多的擁抱交換擁抱

終日忖度如何以更好
更好的角度閱讀
你。所有當下來去的影子
手指輕撫，練習動靜的轉換
試圖等你，試圖與你交換

所有的因緣結下的果
卻發現總是躁進
總是笨拙地踏錯步伐

我以為更多的話不必說
以為所有言語都藏在默契裡
以為更多的細節
能在細節中被發現
以為沉默並沒有沉默
以為不言語也透露出訊息
以為許多事之所以為事
以為許多道理沒有道理

你握著鑰匙將我鎖上
卻又解開我更多的鎖
我以為我能解開所有難題
解開那些沉默與非沉默
解開所有姿勢所蘊含的意象

我的步伐卻總是踏錯
總是慢你一步
不留任何陰霾與雷雨在原地等待

出口

夜晚留下最後一個詰問
需要說出多少溫柔的對白
才能停止雨水的滲透
令窗外的雨止歇
那天開始我突然明白所有
關於姓字為何不能被遺忘
不能充滿潦草的字跡與虛無
他用言語表示自己只剩下空蕩的
肉身。他在我的身體裡
逐漸溢出疼痛的聲音

城市的夜晚被雨佔據
走到哪都充滿雨的步伐

直到此刻我才學會該如何脫離
如何在自己之外看到自己
我看見剩下的人都聚到一起
以喧鬧的姿勢進入夢中
在夢裡我穿過他的語言他穿上我
成為永遠的烙印

後來我們兩人將語言遺忘了
所有的對談都藏匿起來
他將肋骨抽出來
刻上想說的話遞給我
我將我的心跳送給他
決定自己再也不欠他甚麼
不欠他曾給我的憎恨與憤怒
他問我還記不記得遠方的歌
我記得。
當我唱起那首歌的時候
雨就停了，也不再滲透進我的骨與血

我們約好這是彼此的秘密
但我們也都明瞭
所有的秘密遲早都會找到出口

如果雨從遠方來

如果雨從遠方來
打濕所有關於乾燥的情緒
你是否還能釋懷
對那些已濕透的衣物們
說出一番道理
使他們免於沮喪、哀愁
、疼痛，甚至死亡
他們像毛襪般開始脫線
並自嘲這是壓力性脫毛
我並不很能理解
或者他們從沒想過要讓我理解
他們的濕潤與乾燥
像是要告訴我：你必須瞭解

這些乾燥偶爾帶點煽情
濕潤地充滿所有渴求

如果雨自遠方飄下
在空中變成濕濡的語言
它們是否能穿透所有等待的季節
你這麼問著
在衣架前，你凝視著
那些盤踞在衣中的雨水
你向我說，他們與我們同在
我問誰們，你說他們就是他們
就是我所能明白的他們
與愉悅，或者與傷感
需要旗幟，或者位置
用於安放他們過於沉重的濕氣
還有過於不道德的氣味
我多想在社群網站上標記
像是這樣子的

今天雨從遠方降下，
所有成與敗都不那麼重要了
只是我還是弄不清楚
又有誰乾枯誰濕漉漉地在這世界上悲傷著的
——與霉味跟其他5或10多個人（嗎）
（疼痛的
印記與死亡的
關係及愉悅的
生命和沮喪的
衣物以及哀愁的
毛襪（抽絲剝繭般地不存在了））

記得與遺忘之間

0

把自己關在沒有燈的房裡
將聲音鎖上，剩下雨
從天花板不停地
滲下不停地
滲下。直到將我淹沒……

1

「你知道的吧？」
「我知道。」

他到底知道了甚麼
疑問像是蛇一般地攀上
纏繞住我所有精神
隨後一勒
「你不知道。」

右手舉起對白
左手舉起沉默
我們得慢慢走
要有足夠的時間走完沉默
還要走完那些對白

我們的疼痛將這些逐一釋放
然後我知道了知道
與不知道都不重要

2

將祕密藏在雨中
將雨藏在風中
將風藏在樹梢
將樹梢藏於火
將火藏於雨

之後我再也不記得那些祕密
以及他們的模樣

3

從我的體內滴下火焰
我開始焚燒自己的影子

在記憶裡點下一把火
直到全都成為灰燼
我將他們一口喝下
此後又有火焰滴下

4

我想充滿旅行的呼吸
果陀在哪
昨日與明天都離我太遠
我走向北方
璀璨的星辰卻向南方垂墜

5

我在沒有燈的房間
淹沒在羊水的海洋
忘記聲音忘記光影
忘記歷史忘記未來忘記
生忘記死忘記所有疼痛忘記傷痕
忘記我該忘的忘記我不該忘的忘記我
究竟又忘記了甚麼忘記究竟
有誰真的拋卻遺忘而不真正
擁有所有的忘記
……甚麼？
我在沒有光的地方
朝光的地方走去

馬英九

我這不是來了嗎
來聽你們的聲音了
你們都不夠安靜
我沒有辦法進去
到你們涉案的現場
我甚麼都不知道
不知道你要見我，不知道
那些停止的呼吸是否被土石掩埋
一切都是誤會
一個便當吃不飽，那兩個呢
這是個嚴肅的問題，我們
別無選擇，一定要面對
我把你們當人看，所以要好好教育

你看他們，那些聚集在大道上的人們
他們攻擊我
是不需要任何理由的
每一個美好的早晨
都充滿真理的露水
推開窗戶，有人正揭示痛苦
他的痛苦很實在
只是我跑得太遠太遠
我在遠方呼喚我的小刀
告訴他保養銳利的注意事項
記得不要跑得比我快
也不要跑得比我還慢
這樣我才知道你的存在
與我同在，才知道
原來你要見我
啊，我這不是來了嗎
這不是見到了嗎

默默地

我開始懷疑起自己
如何辨識現實與夢境
每日早晨醒來
把年歲又擠出一些
誰理會誰的時間又少了一些
我們行走
在一個失序的故事裡
誰都想成為另一個誰
失控情節裡的主角
最好有點高，瘦削，帶把
眼鏡，甚至帶著點知性
有那麼一種腔調
是沒有人味的，我們不喜歡

我們是人卻總是冬眠
憐憫心總在夢境的最底端
流著口水偶爾說幾句夢話
誰又是誰的救世主了
通通都是人生的第三者
也許寫了無數封情書
問問對方愛不愛自己
我總是懷疑自己
做錯的事情比做對的多
連寫出來的字
都是對的比錯的要少
然而誰又知道呢
誰又知道對錯究竟如何分野
一輩子也就這樣了
沒有絕對的戰場是沉默的
例如我總默默地走
默默地從傷痕的溝壑中爬出來
默默地好

默默地懷疑自己
默默地回想自己的故事
默默地期待被誇獎
默默地活著
默默地享有這些當下與幸福
默默地死去

當我不寫詩的時候

當我不寫詩的時候
聽雨的呼吸
要他們告訴我
如何建立一個典範，有關於沉默
與喧嘩之間的尺度
大家都遮遮掩掩
懼怕所有歌與歌之間的距離
然後沒有然後
所有的暗喻都只是鋪陳
我們剖開噱頭
看看裡面裝了甚麼
卻只看到虛無

我不記得我
是否曾將生命寫進詩裡
是否有人斟滿一杯酒在某個角落等我
我的言語中充滿了狡辯
我的手中握滿了所有消失的季節
當我不寫詩的時候
就一一捏碎，將粉塵灑落在各地
而我是否還記得
我曾寫過有關於死亡
那是嚴肅的，沒有例外
我們都在某個季節中向對方告別
維持散亂的隊形
匍匐前進。而人生依然美好
世界依然殘酷

當我不寫詩的時候
我去流浪
看著我宿命中的過客們從我面前走過

眾聲喧嘩卻沒有半點關係
他說他的，我說我的
誰又沉默殺死了誰
誰又殺死了誰的沉默
我一一細數卻又不甚明瞭
當我不寫詩的時候
世界依然運轉
只是我再也不記得命運
及我這些隱隱作痛的逃亡

一切都在離去

路途比我想像的更近
時間走得比我估算得要慢
這是個適合離去的午後
我以為要更遠一些
那些歌聲從遠遠的地方傳來
節奏的步伐太細碎了
不過我覺得很好
我打起節拍，看遠方的天空
覺得他們也不那麼遠
我很欣喜，因為這個空間被我所充滿
他們在我身旁，不知說些甚麼
語言已經離我比雲來得要遠
我喜歡這個氣候

日光從斜角切入我的身邊
我喜歡這個午後

這個午後適合離去
一切都配合我的呼吸
一切都有我留下的痕跡
一切都跟著我朝向明日走去
而我不再記得
這個午後給我留下的一切
而我不再記得
這個午後

一切都好

一切都好嗎，你
這麼問我像是
連日的雨水落下
填滿所有縫隙
我有更多的話想問你
而你卻像雨水
潛入更深更遠的地方
沒有聲音

以為死去是艱難的事
像被時間指認
被外物分派
活著與死竟無太大分別

我們早起、盥洗
將臉洗成同樣的表情
你掏出許多乾燥的台詞
點火便燃，我卻還在屋裡
看著雨燃燒的模樣
以為死亡
是艱難的答案

有沒有太多傷心
需要被治療或被誰安撫
雨不停落下，不停地
擊打燃起的火焰
你默默地撐起傘
默默地站在火裡
默默地睡
默默地醒
發現身上被雪覆蓋
一切靜謐，只有冷

但雪仍不停地落下
不停地落下
直到這冷變得溫暖
才想起你的問候
一切都好，只是
有時候離生活有點遠
有時候有點想死

說話

你願意和我說些話嗎
說些溫柔的話
讓我忘記死亡
忘記日常的鬼魅
在我身邊遊蕩
看見躺下的樣子像字
逐漸變小，才想起
問你是否願意
寫些字給我像在太空
每個筆畫都是氧氣

你在的地方下雨了嗎
像我這邊一樣

落下的雨都是針
將日子縫起
傷心就不會被看見
好想問問你那裡
是否有雪落下時靜謐
空氣中也充滿神秘

那你願意聽我唱歌嗎
願意看我做些
笨也沒有關係的事嗎
我看到雨匯聚成一片水窪
默默地想你
會像水那樣嗎
像水那樣流過我
溫柔像羽毛浮在大氣之上
像我仍在羊水時
沉默看著世界
對於一切仍未感到恐懼

仍未絕望的樣子

如果你願意
如果你願意
如果生活像你
如果我像和煦的日光
如果我像和緩的大氣
如果你在
如果我在
那我願意，我願意

有些話是說不出口的

有些話是說不出口的
像遠方的天氣無法被揣測
我試圖製造更多隱匿
更多遠方、更多氣象
更多符碼以供辨識
所有隱喻的信仰
那些純粹，無以言喻
使得你一次又一次的遠行

你一次又一次的遠行
逐漸明瞭有些話
是說不出口的
像風一樣，一離開便消散

我們聽雨的秘密
並且遺忘那些秘密
所有的焦灼都靜好
都安然地死去
我要你記得，一切安好

我要你記得一切安好
一切都像被偽裝後的言語
有些話總是說不出口
有些話總能扮成別的模樣
長得與痛楚與歡愉與愛與恨與
焦灼與靜好與
沉默與喧囂全然地不同
就只是靜靜地在那
像海水一般滲透
進入我們遙遠的呼吸
我要你記得
有些話雖然說不出口
但是一切安好
但是一切安好。

即使愛被避免提及

「你的呼吸，穿過身體……」

——田馥甄／我想我不會愛你

痛是被避免提及的
在清晨我學會試探
海所擁有的秘密
是否熾熱一如我們
距離遙遠的故事
譬如：那些曾有與現有的
愛
與疼痛

我要學會閱讀你的輕微及

有節奏的呼吸
當它們穿透我時我才能懂
你的靈魂如何顫抖
如何充滿喜悅與焦灼
（我確信你的語言
擁有不安的律動與雀躍的焦灼）

終有一日我們都能理解
愛人死去而又歸返的感覺
直至那時，我們才又明瞭痛
是被避免提及的
愛也是
被刻意忽略不說出口
藏匿在羊水的記憶中
親愛的你，我這樣說你
是否能夠理解
因為我想我不會愛你
所以我愛你至深

因為愛被避免提及
所以我愛你
像你一般

認知的困境

（一）

你向我詢問有關於我
所擁有的靈魂
是否能倒映你的樣子並且伴你永生
。

（Ω）

我將記憶從羊水中瀝出
曝曬成鹽的模樣，並擅自為它命名
那時我還不懂得分別彼此
沒有任何音節可以和他者交換
靈魂深處的秘密還有安逸的處所

以及虔敬的詩
與歌

（α）

輕輕地搓揉睡眠
他就有了反應
從夢境開始蜷縮起來
並起了毛球
與各種乾燥的鬱結
我輕輕地攀上他的焦灼
圍繞著有關於慾望的城
並疑惑。甚麼時候開始
我們再也分不清彼此
誰比誰又更清晰一些
通通是被抑制的毛球蜷成一團

（β）

不知不覺過了三點忘了燃燒多餘
的情慾彷彿有誰跟我說過有關於
知覺是多餘的所有關於認知都是
大腦起的活動我們所見到的一切
都是從腦中分析過濾乃至於錯誤
所有都是被自己所催眠的我所信
所愛所懼怕所期待全部都是謊言
我想起了他曾說過的：凡所有相
皆是虛妄。曾經擁有的當下擁有
的未來擁有的甚至從未擁有過的
全都是我們自己欺騙自己的假象
就像是遊戲測試結束時輕輕地，
輕輕地按下刪除就再也不存在。
我甚至也遺忘了他記憶果然是最
不可靠、虛妄與不可見知之物。

註

（γ）

我不喜歡我的樣子
這臉這手這腳這所有一切
於是我把他脫掉了
這具史上最為躁鬱的衣物
他們在我身邊哭了
我跟他們說：開心地笑吧
我拋棄了這生的苦
沒有人回頭看我，沒有人
沒有人知道我還在
我突然驚覺我從未存在過
迅速地又穿上了它
我們都仰賴形體確知存在
我開始喜歡一切了
包括昨晚剛冒出的青春痘

註　「凡所有相，皆是虛妄」出自金剛經。

(δ)

還有甚麼能令我傷心
海用臼將記憶磨碎
剩餘的粉末都寄送給我
我是否期望一個久遠的
祭禱：關於真理。
我們冀求恆久不變
卻在變化中發現永恆
我等的柳絮若永遠不來
海就永遠都磨不到那些
得過且過的錯

(ε)

我說了卻沒人相信
就在那兒有鬼。
他們看著報，偶爾
打量我跟你並逐漸
有血有肉與一般人

一樣越來越稀薄
越來越簡單越
來越透明像
我們。我
跟你也
是鬼
吧

（ζ）

原本是該睡了
卻沒想到夜晚被打磨
逐漸光滑令睡眠也落下
翻個身就將順序打亂
所有已經決定好的歷史
我拼了命地修補
卻還是只能被風沙掩埋
待時間走過再也看不出
任何光滑的模樣使我們駐留

（η）

將海風曬成領口的記憶
等待乾燥後
用每一顆鹽的結晶
輕輕擦拭每個細節的皺褶
所有鹽味的午後
就都有了意義
無所謂留下多少傷痕
經過時還是會痛
看起來猙獰
摸起來卻只感到崎嶇

（θ）

我把陽光種在房間裡
每一天他就光亮一些
我的壞情緒就躲在角落裡
像細菌一樣不說話
就複製出好多個自己
他們以一種殉道的姿態

填滿我沉默的山谷

遠遠聽到回聲

答覆我所有自作多情的呼喊

（l）

所有的細微就像是

買飯卻一個人吃

在街上不知道買些甚麼

傷心時只好跟鏡子喊魔鏡啊魔鏡

自己苦惱誰的心情是雨天還是晴天

問不到異地天氣的表情如何

拿起電話卻只有沉默跟自己熱線

打完簡訊卻按不下發送

蝴蝶再也找不到花的收件地址

夢再也找不到寄生的部位

睡眠因為時差而迷路

而這些細微的差別

並不甚細微

如果我們都不談論

我吞下疼痛的聲音
他就在我的身體內燒灼
誰又在遠方呼喊
哪個多情夜晚的岸
你在岸上擺渡誰
到遠方充滿歌唱的島

將痛熬煮成字的模樣
他浮沉的姿態像愛
骨與血滾沸成因緣的鎖鏈
曾走過身邊的善男子
誰真正成就誰的善果
是否誰都曾像新生的果實一般

閃耀著喜悅的光
我們聽流浪的聲音
打開一瓶新釀的酒
聊一些先於事實的話題
談論無關於我們的事
假裝那些是切身的
每一個人都承擔一段詰問
如果我們再也不懂得沉默
不懂得如何詢問傷痛
誰又把過多的業障縫合
在我們夜晚緘默的靈魂裡
如果我吞下疼痛的聲音
像你
我過多的渴求是否會因抑鬱而死亡
我問你
是否你們跟我一樣

會疼痛也會哭泣會死亡
也會若無其事地爬起身來
蒐集剩餘的陽光填補
縫合所製造的縫隙裡

短恨歌

有時候只能寫詩
當語言充滿潮溼的氣味
所有荒涼的足跡都因此頹喪
我的鬼魂帶走我的字
藏匿在陰影的角落
這時候只能寫詩
像卜卦一般地探尋
問妥季節的去向
我懼於夜裡飛舞的夢魘
與那些和誰共有的沉默
我蜷縮如蟲般地涉入我
所有綻放如花的夢境

誰將歷史記起
所有的細節藏匿在魔鬼之外
以為這樣就能被遺忘
光線從窗外爬上我的身體
將我逐漸燒成詞彙
排列成誓言的模樣
我們都不說話
像是一開口就將這些連續的情節
通通碎裂成遠方而來的羊群
這時候只好寫詩
在高樓上重複將自己收展
不斷摺起又不斷攤開
凝視陽光攀爬的路徑
恨自己不能唱快樂的歌
成為快樂的人
而陽光仍然在我身上
就只是陽光毫無任何反應
和我的恨一樣

脫殼

我作了一個哀傷的夢
醒來後就不記得了
在每天必經的路上
也許是因為花絮紛飛
我們在惡意中行走
卻不沾上任何傷心的故事
今夜你是森林中最低落
最難過的菌類
而我不過是你身邊
一窪漣漪不止的水

每一天我們都學習到更多
更隱晦的語言與更委婉

不那麼直接的說法
欺瞞我們並不哀傷
有歌從林海傳出
你知道那些是妖物
引誘你的手段
但你仍在每個有歌的夜晚
看著深處，深深地看著
以為自己也在裡面
你是今夜林中最哀傷的夢
陪著菌類們幻想
自己不知道還有沒有的未來

有的時候，只是有的時候
希望疼痛趕快離去
孢子飛散，你不知道自己究竟
該跟著誰走，跟著誰
都是最深邃的分別
你記得自己曾經走過這樣一條路

沒有岔路，沒有後路
沒有誰帶著你走，沒有
誰要你跟著他走
今夜你是林中最為傷心的花朵
哭泣的時候，花絮紛飛
他人的惡意將你刺得
再也開不出新的花朵
你看見新的世界，卻看不見
自己仍在原來的地方哭泣

記憶是不可信的
所有的過去都有如夢境
我記得有個哀傷的夢

但醒來就忘記，只記得哀傷
走過每天必經的路
花絮飄散，你是今夜
最為哀傷的夢境，然而明日
明日你仍記得
自己曾經最美麗的故事

因爲意外的緣故

我在等你
不知道你會不會來
午後突然被靜謐所佔據
玻璃杯上的水珠滾落
沒有任何預兆
其實我是清楚的
關於這些突如其來的劇情
一段一段鉅細靡遺
卻從未按表操課
我寫妥了一格又
一格精確的行程
卻從未精確地完成它
我或許是活在現實之外的

多年前我就死在一場意外中
他們說是意外那就是意外
那時候我還小
個子小小，說出來的話也小小
沒有人聽得到我說些甚麼
沒有人想知道
我究竟想些什麼
卻要我細數他們腦海中的皺摺

他們凝視我的傷口
彷彿那樣就能癒合
說出了許多傷人的話
以為那樣是安慰我
他們悄悄地將我驅趕
大搖大擺地和我說著悄悄話
像怕任何人看到但又不是那麼回事
他們說錯話後把它收回
做錯事說那是無心的

緘默地將刀子遞給我
我甚麼也沒說就當這是意外
我甚麼也沒說就這樣離開
或許你不會來了
或許一切都是因為意外的緣故

我會誠實，不耍彆扭

「別人愛你，你要誠實」

——孫梓評

有時候聲音彷彿從遠方傳來
草草地記下一些片段
便以為一切都是在掌握裡的
——包括愛人房內的細碎言語
我的愛人嗜甜，害怕黑夜
害怕睡夢中的他是苦澀的
也怕誓言會在過程中被遺忘
他靈魂顫動得飛快，一有風吹
便藏到自己的殼裡，躲避會面

我在他的世界裡呼喚著他
像是佇立在他的國裡
招領他的魂魄與收集他的光亮
原諒我有些時候撒出一些謊言的釘
祂知道我無論好壞總是一切都好
有的時候，我必須練習才得以誠實
我必須熟練那些關於坦誠的技藝
那些技巧讓我成為透明的人
不得不染上一些顏色才得以存在
我的愛人要我誠實，褪下所有偽裝
卻承擔下關於謊言的部分
獨自一人熟悉疼痛的傷口
以及厚重的殼
我的愛人，我們彼此共有的星球正常旋繞
偶爾碰撞產生細小的裂痕與碎塊
或者偶爾震盪，淚水便如潮水般襲捲而來
如果我來不及誠實，來不及坦承我的愛
也請記得我彆扭的樣子

也許在某個午後，陽光從窗外灑在你的身上
你會想起有關於那些誠實的謊言
學習坦然面對自己的傷痕
我仍在你的國裡，因有你愛我
我會誠實，不要彆扭

齒輪

也許我一直在等待一場雨
把我和昨日一起淹沒
或許那時我才能坦然地朝故事走去
認清所有敘事的小路
學習辨識多餘的枝節並剪下他
種在一旁看他如何長成
生活的齒輪並逐漸契合這場雨

我一直在等待自己承認
自身的恐懼及疼痛
留下字跡，潦草像一場未竟的夢
殘缺卻又感到萬幸，我不知道
到何處才能埋下我的衣物

換上一雙新的鞋，走上一條新的路
並種下新的花花草草

我找到過往留下的筆記
上面寫滿了風暴與乾旱的情節
我嘗試在後面寫下之後的劇情
記錄陽光每個細微的角落

我買了許多雙新鞋
嘗試在錯誤的日子穿上正確的鞋子
在陌生的小路裡行走
學習不去辨認那些細節
學會如何在潮溼的夜裡召喚夢境
在書裡留下足夠的路標

了解沉默其實也是一種武器
後來我認出那些被拋出的語言是冰冷的殼
識得那些岔路每一條都是故事的終點
終於我等到了那場將我淹沒的雨
卻再也不需要被淹沒
再也不像從前那般吻合齒輪所有的縫隙

再也沒有辦法了

再也記不起了，關於那些
有著低沉回音迴盪的夢境
以為每一個人都能勇敢地去愛
但再也沒有辦法了
像是過熱的喧囂突而歸於平靜
你說你再也沒有勇氣了
我們像遠方的雲一般飄散
我也沒有了，也沒有勇氣了
我總不忍向你提起

總有人在密室敲鐘
與隔牆的人談論天氣
聽到雷聲便假借神的名義

他們知道已經沒有辦法了
沒有神會出現將他們的影子一片片地剝下
他們無所畏懼
所有人搭乘前往遠方的列車
沿著鐵軌撒下票根
這班次沒有終點更從不停靠
連車掌都遺忘終點的模樣
這尷尬的旅程再也沒有歌聲
沒有笑容，沒有愛
沒有愛的人們直視前方
面無表情，聽不到交談的耳語
像是再也回不來了

多年後他們的春天已經
離他們好遠好遠了
失去的事物也多得
令我們都沒有印象了
失去土地的時候他們搭上了車還唱著歌

失去歌聲的時候他們避而不談
失去語言的時候已經無所謂了
沒有人關心別人，自然也不需要對白
最後再也記不起了，記不起
只有愛恨情仇的日子
失去的太多太多了
當最後一陣風吹到身上
才發現甚麼都沒有了

你說再也記不起了，再也
沒有勇氣提起所有沉默必須的自由
還想回去，就算只看一眼也好
就算已經隨著離去而毀滅了也好

但再也沒有辦法了
連向前走的力量也沒有了
你說再也不愛了
沒有空間可以放得下你我的夢境了
我也無法再繼續了
遠方唱起山歌，但我再也聽不到了

生活的種種細節

1

若在冬日的午後
被溫煦的陽光輕撫
是否我們的過往都會微微發亮
有時候讀書
讀一些咬文嚼字的細節
太多語言多餘
太多疼痛被複製
所有傷害都在事實之前造成痛楚
關於沉默的技藝
他們比我要精湛的太多
有時候聽快樂的歌

卻傷心地哭起來
有時候我們太過多事
希望只是有時候

2

有時候我會想像
我褪下這逐漸老去的皮囊
連著歷史刻下的傷痕一起
我也許會聽到歌聲
從遠方傳來
或許是傷心的
或許我能理解
或許也可以將它和我的衣物一起
埋在一棵樹下讓他們一同老去
等著歷史再將我裸露出來
想著到那時

你還會來看我嗎？
你還會來看我嗎。

3

如果你說這一切你都不要了
並開始扔掉你所擁有的歷史
關於那些時間、語言、情節
甚至靈魂上都長滿青苔
他們是否會為你唱起安魂曲
讓你離去
如果你說這一切你都不要了

你是否想過你的歷史
那些有關於你的種種細節
那些曾給予你的溫柔
沒有任何的給予是理所當然
沒有人說你可以
但你卻還是這麼做了
沒有人說你可以
但他們還是為你唱起安魂曲了

調音

有的時候為自己調音，尋找基準
將生活像發條一般旋緊
有些角度發出的音色過於混濁
有些天色不適合發音
有些氣候太過奢求季節的原諒
有的時候我聽不見自己的聲音
像是瘖啞般遺忘對話的技巧
我向愛人學習技藝的結構
太過濕冷的充滿沉默
過於溫暖的容易遺忘
如果我學會節制
是否就能成為透明的旅人

我揣摩那些狹小的高音
並思考如何才能如他們一般
自由變換音準，像是不同的人
我說過太多謊言
包括偽裝誠實的旅客
在大廳置放滿溢的回音
假裝那些是屬於我的旋律
也許哪一天我必須請求誰的原諒
把所有曾被我偽冒的節奏通通返還
他們是誠實的
只是陪我一起撒了謊
我只是沒想清楚
以為我曾扔下的那些瑣碎細節與截角
全是我多餘且錯調的雜音
只是我以為
那些全是我不需要的
只是我以為

你寫關於你的故事

1

你甚麼都說不出口
彷彿說甚麼都是多餘的
寫了許多信往山裡寄去
收到的回覆空無一字
你收到回覆便將那些故事的細節對折
再對折，直到變得小小的
小小的信箋以為
一切都有歸去的處所

2

所有的去處都有來處
你回頭看著自己的影子
把他剝下一塊埋在陽光下
以為會長出另一個你
一切卻都在等你的離去
以為自己可以抹去虛無的來歷

3

他剪下自己的聲音
縫在你的忌日
他以為能保持緘默
緊閉雙唇像保守秘密
但事與願違

4

我有權保持沉默
太多自以為是的聲音作祟
他們有燦爛的聲帶
假扮諸神並審判
關於我所有瘖啞的罪證

5

你咬著自己
焦慮的尾巴
像這樣就可以把他吃掉

最後你
把自己吃進故事裡
故事中卻沒有你

6

在你的忌日那天
我收到你的信
上面寫滿了你的故事
卻沒有你，

7

也沒有我。

折衣

聽說今夜暴雨將至
到了夜晚誰將衣服收下
找一個靜謐的角落
將生命攤平、展開，才發現
竟凌亂得像早被暴雨侵襲
你每天都在學習
如何利用最少的要點折出漂亮
並且整齊的衣服
「角度很重要。」你說
就像是學習穿戴一般
只是將他還原成應有的樣貌
整齊、方正，並且潔淨

所有的情緒都會被梳理
你知道的是你所不知道的
那些據說是一件衣服的本來面貌
整齊、方正，並且潔淨
像原野的風從窗櫺注入
將潮濕的惡夢趕走
我向你請教有關折衣的技巧
「角度很重要。」你又重複一次
所有的摺痕都像一道傷橫在那邊
我們只要像探險家一般
按圖索驥，承認自己的不足
並且向自己詢問，該如何愛他
如同我們愛自己一般
你知道有些愛是沒有聲音的
他們被折成方正的模樣
堆疊整齊，放在自己生命的角落裏
你不敢碰他，你不敢
因為你怕一碰，他就瞬間塌陷

遲遲不走。遲遲不走啊
這連日的大雨，他等待誰的語言
喚醒他，將潮濕的霉味帶走
所有的格線都彷彿預示著未來
所有的衣服都需要蓬鬆的氣味
誰遮蔽他，誰又折疊他
我等待暖暖的陽光就像我的衣物
等待潮濕離開他的身軀
他們都在等一個機會
能被溫柔撫摸、折疊成
他應有的模樣（或者姿態）
我看著你將他們一件件疊好

放置在生命中靜謐的角落
雨似乎停了，我看著你
溫柔地放置每一件衣物
像放置自己一般

彼此之間

二月在沉默中離去，我們
在雨季裡抵達三月
緘默的隊伍，死寂的秩序
所有敘事的路徑都被妥善保存
一條細小的道路供人們行走
風輕輕地從身邊走過
我們得到細微的訊息，關於愛
與那些人們仍是存在
於細瑣的歲月中，他們說
自己是不足的，永遠
只有自己才清楚究竟欠缺甚麼

我們必然表現一種姿態
對於生活的熟稔與不在乎
隨手拿起一本書來，閱讀書頁中
那些鑲嵌著渴望的詞句
才驚覺從未滿足過
瑣碎的日子像雨一般落下
決定編織繩結，有序地
乾燥自己說出的每一句話
謊言長成茂盛的植被
到了遠方才發現沒有晴朗的人類

每天檢查備忘錄，確認
備妥所有的美德等候他人檢閱
都市裡充滿水氣，每一個人
都由自己的淚水組成
每一張模糊的臉孔上擁有的
全是空心且脆弱的符號與謠言
偶爾與他人對談，充滿空洞

多說一些自己就透明一些
才瞭解沉默也是必須的

與他人之間擁有的是冰冷的殼
每日都添一些炭，放一些風
燃起那些深邃的火焰
試圖熔解那些粗糙的細節
有時需要足夠的辨識度
認清通往他人的路徑
即使這些曲折的小徑過於狹長
且充滿水氣，但我們仍期待出口
像期待他人找到自己一般

生離

他學會巫祝的謊言
捕捉生命的鹿
將他漆成粉紅色的預言
一時間所有的蟲蟲都鼓譟著
要成為自己的王

你堅持生離是最終的預言
蒼老的樹都將透過死別
才能審視他人
曖昧不清的年輪
究竟朝著哪一個北方

他和你說真相是燃燒中的火焰
底下的池水裡的一片浮萍
奧祕在他的體中顯現
艱澀的夢走過他的經脈
成為他濃稠的血

你和我成為一句遺言
留下疼痛的臟器
挑揀繽紛的城市
永遠成為一座繁華的廢墟
做自己孤獨的王

死別

你寫了一封長長的信
上面準備了無數的咒語
讓我帶著去旅行
囑咐我放在座位的下面
它會抽芽，吸收過多的光熱
排除掉多餘的雜質
長成遠方的鐵軌
我需要亮綠色的對白
提醒我下一個步驟該做些甚麼
像擁有一個失去重心的睡眠
在裡面漂浮，吞下死白的夢魘
流亡再也不需要票根了

所有人都搭上最後一班列車
大家一同燒紅最後的煤
但誰也不擁有最後的勇氣
踏上沉默的路途
那封長長的信仍藏匿在列車的夢裡
打著遙遠的鼾聲和大家談論
鬼魅的狂歡以及被稀釋成
海洋的路途充滿的各種風暴
秘密仍是秘密，這些昏暗的廢墟
將是你走過的最後一條河流

我們都是孤獨荒蕪的城都
每一塊磚瓦都充滿縫隙
遠方的音信被扔進最後的水池
所有對話都化作氣泡消散
然後你記起他學會巫祝的語言
那最後一頭粉紅色的鹿
信箋上的每個字都化作暴躁的巫蠱

將他人的字吞下成為燃燒的句子
我剝下蒼老的樹皮
看見最後一個預言——

我們終將成為最初的遺言
永遠無法成為慈悲的王

例如我

1

找一個溫柔的姿勢
成為一個舒服的人

2

空閒的時候替自己上點油
來回地擦拭生活所積累的污漬
省下的日光用來烘烤乾澀的聲音
你以為自己的靈魂乾枯且一無是處
你以為自己乾枯且一無是處

你以為自己一無是處
你以為自己
一無是處，你以為
。

3

喜歡刷牙
把自己排列好，成乳牙隊形
還沒學會怎麼和自己解散
別人就先解散你
替自己卜卦，錢幣翻面就變成
昨日補上的一顆蛀牙
他們在空洞的心中跳恰恰
含淚的卻是你

4

討厭看書
將他們堆疊成受詛的王城
做唯一的王
討厭你
我說真的
真的真的討厭你
高明的騙術令我成為雨中的
雨中的
一道巫術

5

替自己寫詩就像是
替自己占卜，就像是
替自己點起蠟燭，就像
是我自己
引火成為乾涸的淚滴

6

意外地成為他人的王
自己的奴隸

7

你沉默是因為木偶的詛咒嗎
是，因為句子裡充滿洞穴嗎
是嗎，原來你
再也再也說不出善良的話了

8

找一個慈悲的處所
做一個噁心的人
，例如我

最後的惡夢

每場惡夢都帶著芬芳的氣息
向你詢問風暴的細節，你
和我談起潮溼的國族：
我們都是兩棲，甚至
多棲的物種。沒有必然的起源
可供探問：誰是死著的，或者
有誰是真正活著的？

你知道木製的
木製的謊言容易被腐蝕
所有的巫蠱都在等待一個機會
朝我們脆弱的信仰突襲
像是最後的

最後的逃亡充滿時間充滿
疼痛充滿骨充滿血充滿
榮耀充滿夢令你的
沉默在暗處閃閃發亮
你才回過神來：
自己的夢是甜的嗎
甜得像是地獄一般嗎
有誰的地獄能這般美好嗎

迷上占卜，將命運交給
曖昧的第三者以為這樣就可以
逃避失敗。抽出的卡牌
每一張都是愚人的微笑
嘲弄你自作的聰明
你假裝自己是懸絲傀儡
舉止都合乎禮儀
暗自欣喜——自己成為
一個人人喜愛的人，以為

自己已經成為更好的人……
你遺忘了自己，忘卻了
身分拋棄了國族，扔下了包袱
說自己已經成為一個
更好的人

也許這是你最後一場
不願清醒的惡夢

甚麼時候十一月已經過了

甚麼時候十一月已經過了
甚麼時候的事，當愛
穿過信仰的圍牆
告訴我們林邊的風仍吹著
慶幸自己在這場聚會裡
沒有沉默
像他們一樣
被荊棘綑綁在十字架上
假裝自己在神的名下
用腹語術說一些幽暗的謊

遠方下著雨，沒有雷聲
我們看著愛人的側臉

並不覺得與其他人有何分別
他們編織出一個又一個空心的草人
在上面寫滿咒語
控制前進或者後退
說那才是愛的模樣
——不讓他們涉險

像我們一般
為了理念突破巨大的藩籬
愛到最後，仍像懸絲傀儡
被遠方的巫祝
下了虛假的蠱蟲
在暴風圈內冒險前行

甚麼時候十一月已經過了
甚麼時候
連愛都匆匆地走過了
我們的身旁
說好要一起看的電影，一起讀的書

通通都被洶湧的潮流沖散了
眼看著十二月已經來了
要和誰一起過冬
卻仍不是自己說了算
我們在沒有自由的國
看他們說：你們
和他人並無分別

大雪

冬天，一種沉默的質地
在遠方匍匐前進
最理想的模樣就是與他人相仿
這樣不必受到過多的苛責
但你有太多問題想問
太多矛盾令你困惑
若生活像秋日的毛線球
早已預備抵禦冬季的語言
我們是否能夠獨自過活
生活將你我拆開
然而我，你知道一半的我
是在你手上的

我們，彼此的姓字都被省略
將音節拆成鬆散的睡眠
一一發給彼此
再重新組合成親暱的字
我將在你的身邊和你說話
一同吃飯、閱讀、進入夢境
我逐漸學會
如何將時間放得更慢更輕柔
溫柔地像對你一般
你有太多的不安
這些不安像雪一樣地覆蓋你
也埋住我

我們共同經歷過大雪
但這場雪太久，太久了
有的時候我們並肩而坐
做彼此的事就走過一個下午
偶爾會有貓從我們之間走過

親愛的，不要害怕
我已不再恐懼了
再怎麼長的風雪都會停歇
我只是早你一步醒來
看著你熟睡的側臉
打量我們相擁而眠的房間
才發現比我想像中要大得多

這個冬天

冬天。情緒像雨一般
學會辨識更多的路面在午後
回到自己的疆域學習沉默
我再也無話可說，沒有
多餘的情節可以承認
你送了本乾燥的筆記給我
翻閱那些空白的段落
才突然驚覺事實是那些沉默
滿滿的都是聲音

你的冬天。我的語言像沙子
從指縫裡流去你抓不住
我在遠方留下隱密的記號

你盯著候鳥的巢，模仿
他們滑翔的軌道。你說：
這樣我們是否能夠依靠本能
回到那個好遠好遠
遠到我們連作夢都看不到的家？
我沒有說話，學著你沉默
發現這也是一種回答

我的冬天。季節的死亡
學習如何辨識來去的途徑
天體的潮汐都和你共同進退
我逐漸學會看上天的臉色
並且知道甚麼是誠實的謊言
留下一些現實的截角
即使我再也寫不出寄給你的信
也要將它留作票根
陪我走過這個，
這個潮濕，充滿細節的冬天

這些無法替你走的路

當我逐漸學會從遠方的光影剪取影子
我親愛的戀人，我希望你能明白
各種情感都是星體的投射，在我們身上
製造潮汐，讓我們學習如何面對
孤獨，寂寞，以及屬於自己
不特別隸屬於強烈色彩的敘事路徑
我們都並不特別，和他人相比差異稀微
在人海中容易被同化成相同的色系
卻能夠在微小的機率中遇見微小的彼此
雨季打進我們的領口，滲進我們
刻意沉默，害怕稍不留神就露出刀刃的城都
我親愛的你，我們曾緊緊擁抱彼此

涉入對方乾枯的傷口，以為彼此都痊癒
午後的陽光照射在彼此的身上，看起來
一切靜好，我們的季節彼此安分地佇足
不過度吵鬧，甚至靜寂
像一座靜謐的森林覆蓋在斜射的日光裡
你說把燈熄了吧，這些黑暗會被明白的
在燈火明滅之間被驚動的漂鳥們都飛向遠處
我們之間有某種程度的隱喻被涉及
沒有誰更完整一些，走過的每一天都像
大雪初融的第一道日光輕輕地撫摸
愛人凍結的臉龐與淚水開闢的溝渠

我們遭遇到同一場暴雨
連靈魂都濕透，明瞭這些路途並沒有捷徑
你試圖將我的疼痛都裝進自己的身體
我也想替你走完這遙遠的路途
但我親愛的戀人，我們都只能知曉各自的疼痛
有些話一出口便是荊棘埋藏在必經之路

有些話像是吻深深地印在心中
有的時候我們學會談論天氣與寒冷的衣物
學習靜謐的神看著大地被白雪覆蓋
我能夠陪伴你走過一切但無法替你
經歷這冰冷的雪國

我們都是孤獨的刀子

我們都是孤獨的刀子
如果不繼續傷害些甚麼的話
就無法再活下去了吧

有的時候只是想成為持刀的一方
決定將刀刃收歸入鞘
不將尖刺對向他人

你知道我們是悲劇的動物
喜歡謊言，傷害自己或自己
以外的所有人都留下乾枯的疤

學習面對自己尖利的部分

製造一些必要的缺口
才能夠面對他人的笑容

我知道我願意握著刀刃
為他流下眼淚因為我理解他
不傷害自己的話就不知道怎麼活著

而我們不過只是孤獨的
孤獨又孤獨以為全世界只有自己
存在於孤獨裡的一把孤獨的刀

告別

我夢到過去
愛過的人向我揮手
他說：你
怎麼還在這裡
忽地覺得尷尬像魚
離開水後
他跟我一起消失

只有我停在原地
每個人從我身邊走過
走過像是看不見我
已經離開的人問我還好嗎
我和他說一切都好

那你呢
是否也和以前一樣
離不開水或者
走不進生活

如果你
也不說再見
多年後的某一天
再見面時你會不會
和我說好久不見
也許不會像你
沒有和我說再見
沒有結束就沒有開始

想要寫很長的信給你
很長，很長
長到可以連結起消失的過去
與隱去的未來

最後沒有提筆，因為害怕
有的時候
時間充滿摺痕
一個節點可以瞬間通往
你離不開的水底
這終究是最後一次了
和你的過去被摺疊成很小
很小的一粒塵埃
散落在你鍾愛的水裡
我還記得你
我還記得
但我不得不跟你說聲再見
不得不和你道別

離開你的時間
走入我的夢境
最後一次和你當面告別

哪有這麼多莎莉好救

全世界的人都在發出求救訊號
要你一起拯救沙莉，與
波兔的村莊，像是巫覡
堅持的秘儀們都擁有危險
但擁有救贖的可能
萬物都是神的法碼，沒有一端
比另一端生命來得更重
擁有愉悅比甚麼都重要
你這麼說著，尋求可能的
幫助以及來自天外的語言
你不知道是否只有你一人
仍在戰場匍匐向前

躲過輿論與傷害的指導
往前，或者往後，像是這裡
你該發出求救的訊號
扔一隻鞋像扔毛巾一般
我們都是英勇的戰士
為了拯救更好的波兔村
我們必須先在拒馬與蛇籠前
集合拯救尚未變壞的自己

有沒有一把非凡的神器
削鐵如泥，貫通不平的關節
所有自由都源於不自由
所有傷害都曾經不是傷害
你問我：拯救莎莉
是為了誰，為了大眾的期待
還是避免莎莉的傷害
我不知道，所以我沒有答案
在夜裡我們一起看著求救訊號

看著轉播，看著那些冷血的士兵
毆打每一隻無辜的小雞
暗自不忍，至少
黃色小鴨擁有自爆的權力
小雞卻沒有

當全世界只剩下唯一的莎莉
這場遊戲就是他的勝利
我們暗自祈禱，利用風傳遞語言
將每場戰鬥當作終戰
扔出衣物作為信號
呼喊每一個人加入戰局
對抗猛獸，打倒魔王

將每天都當做最後一天
即使世界只剩下唯一的莎莉
也要認真面對每一個難解的關卡
因為哪有這麼多莎莉好救
哪有這麼多人願意來救

註

拯救莎莉與波兔村皆為通訊軟體 line 公司所發行的遊戲。

共生

宋尚緯

編輯．許睿珊　發行人．林聖修　封面及版型設計．吳睿哲
出版．啟明出版事業股份有限公司
地址．新竹市民族路 27 號 5 樓
電話．03-522-2463　傳真．03-522-2634
網站．http://www.cmp.tw　電子郵件．sh@cmp.tw
法律顧問．北辰著作權事務所　印刷．煒揚印刷企業有限公司
總經銷．紅螞蟻圖書有限公司
地址．臺北市內湖區舊宗路二段 121 巷 19 號
電話．02-2795-3656　傳真．02-2795-4100
中華民國 105 年 3 月 1 日　初版
ISBN．978-986-88560-5-9
定價．320 元

國家圖書館出版品預行編目(CIP)資料
共生／宋尚緯作．初版．新竹市：啟明，民105.03．　面；　公分
ISBN 978-986-88560-5-9(平裝)
851.486　　105001175